KB153165

빙의

실천시선
230

빙의

김수열

실천문학사

차례

제1부

제2부

제3부

제4부

제1부

빨래

어제를
빨아

오늘
넌다

내일은
마를까

사랑을 배우다

성산포 광치기해안 모래밭
일출봉 배경으로
오리 한 마리
상처 받은 정물처럼 앉아 있다

인기척 있어도 미동하지 않는다
가만히 다가선다

아,
그 곁에
반쯤 해체된
오리 한 마리

죽은 사랑을 껴안은
아픈 사랑의 날갯죽지 위에
아침 햇살이
시리다

낌새

오일장에서
금붕어 사다
꿩지빌레 연못에 놓으니
올챙이랑 잘들 논다

며칠 지나 가보니
어라, 금붕어
없다
올챙이도
없다
서너 송이 연꽃만
가만히 흔들린다

저만치
새침한 왜가리

수상하다

모리셔스, 아침 7시

호텔 정원에서 낙엽을 쓸거나
뷔페 식당에서 서빙을 하거나
호화 요트 주방에서 생선 내장을 손질하거나
수상택시 운전을 하거나
그리그리 해변에서 빈 병을 줍거나
수확 끝난 사탕수수 농장에 불을 놓거나

그 할아버지의 할아버지가
아프리카에서 팔려왔거나
목숨 걸고 인도양을 건너왔거나
모두 검다

피도 그렇다
눈물도 그렇다

폭염

계란판 겹겹이 실은 짐자전거
아스팔트 내리막에서 기우뚱
와르르르르 허물어진다

그늘에서 꿈적 않던 개들
어슬렁어슬렁 모여들더니
슬금슬금 혓바닥 내밀어
날름날름 바닥 핥고 있다

땀에 찌든 자전거
털썩 주저앉아 망연자실 눈이 흐린데
개새끼들
참, 눈치 없다

아내의 건망증

일요일 늦은 아침을 먹는데 아내의 목소리가 착 가라앉았다

며칠 전 출근하는데 아무 생각 없더란다 문득 정신 차려 보니 차는 삼양검문소 지나 함덕으로 가고 있어 갓길에 세우고 멍하니 있다가 차 돌려 부랴부랴 출근했다며 힘없이 숟가락 내려놓는다

무슨 말이라도 해야 할 것 같아 한마디 거드는데 걱정 말라고 나이 들면 다 그런 거라고 나도 얼마 전 아무 생각 없이 봉개 지나 명도암 입구까지 갔다가 차 돌려 신엄으로 갔다고 심상하게 말해주었다

살다 보면 가끔씩 샛길로 빠질 때도 있다고 말할까 하다가 밥만 먹었다

아내가 읽지 말았으면 하는 시

퇴근길 벗들과 술병을 눕히고 집에 들어서는데 아내가 호들갑이다 장롱 밑에서 왕매미보다 큰 바퀴벌레가 나와 약을 뿌려 잡았다며 일층 산다는 게 손바닥만 한 텃밭 있어 좋긴 한데 꼽등이 돈벌레 잡벌레가 많아 죽겠다며 몸서리 친다

그날 밤 잠에서 깨어 벌컥벌컥 찬물 들이켜고 화장실에 들어서는데 어디서 나왔는지 욕조 안에 새끼손가락보다 굵은 한 뼘 남짓한 지네가 도사리고 있어 바닥 청소하는 플라스틱 솔로 사정없이 내리쳐 동강 내고 두루마리 휴지에 싸서 흔적 없이 버렸는데,

당분간 아내한테는 말하지 말아야겠다

곶자왈*에서

뿌리 드러내 쓰러진 나무를 본다

수직의 긴장을 견디지 못한 탓이다

땅덩어리에 선 마지막 직립 보행들아

하늘의 눈으로 보면

태평양 어디에 있다는 그 깊은 바다도

지구 배꼽에 고인 물이다

지상 어디에 있다는 그 높은 산도

지구 이마에 난 여드름이다

곶자왈 속에 들면 너는

없는 듯 있다

있는 듯 없다

하늘의 눈으로 보면

---

* 나무, 덩굴 식물, 암석 등이 뒤섞여 수풀처럼 어수선하게 된 원시림을 일컫는 제주도 방언

나무의 시

바람붓으로
노랫말을 지으면
나무는 새순 틔워
한 소절 한 소절 받아 적는다

바람 끝이 바뀔 때마다
행을 가르고
계절이 꺾일 때마다
연을 가른다

이른 아침
새가 노래한다는 건
잠에서 깬 나무가
별의 시를 쓴다는 것

지상의 모든 나무는
해마다 한 편의 시를 쓴다

흔적

푸드덕

산비둘기

물 마시다 날아간 자리

팔랑

팔랑

팔랑

깃털 하나 날고 있다

날아간 듯

안 날아간 듯

있는 듯

없는 듯

누이네 집 똥개

서우봉 아래 누이네 집
누이는 족보 있는 진돗개 혈통이라 하지만
아무리 봐도 그저 그런 똥개

밥그릇 비우고 나면 어디서 물어 오는지
밑창 터진 운동화 외짝
올 풀린 벙어리장갑
끈 떨어진 애기업게 포대기
깨진 플라스틱 바가지

빈 독 긁는 살림살이 눈친 어찌 챘을까
감나무 아래 어지러이 판 벌여놓고
오늘도 세끼 밥값 다했다는 양
사지 뻗고 늘어지게 낮잠 즐기시는
누이네 집 똥개

파문

하늘에서 내려오실 때
비는
잊지 않고
원만한 것들을 손수 가지고 오신다

이렇게 사는 거라고
사는 게 이런 거라고

지상의 못난 것들에게
비는
한 번도
모난 걸 보여준 적이 없으시다

파치

졸업식 날 아침
선생님은
어머니를 얼른 모셔오라 성화지만
동문 시장에도
집에도
이모네 집에도
어머니는 없었다

밀항 가다 잡혀
형무소 생활하느라 제대로
먹이지도 입히지도 못한 에미한테
장한 어머니라니!
어머니는
모질게 돌아누웠다

동문 시장 입구에서
사과 궤짝 위에

감귤 파치 몇 개 올려놓고
단속반 피해
늘 이고 지고
도망 다녔다

장한 어머니 시상 시간
끝내 어머니는 오지 않았다
어머니야말로
파치만도 못하다고 울먹이며
졸업식장을 뛰쳐나온
중학생 아이가
진눈깨비 속을 마구 달렸다

자작나무

장백산 가는 길
가도 가도 자작나무
다시 가도 자작나무

그 가운데
꼿꼿하게 선
죽은 자작나무를 본다
한 치 흔들림 없다

살아서 하얀
자작나무들
죽어서도 하얀
자작나무를 우러르고 있다

자작나무는
죽어서도 자작나무다
별처럼 하얀 자작나무다

소와 명태와 시인

채끝 우둔 설도 사태 도가니
부룽이의 눈망울

버릴 게 하나도 없다

창난 명란 서거리 곤이
덕장의 눈보라

버릴 게 하나도 없다

몽니 두루뭬 뭉 구늉
쉐 잡을 간세

남길 게 하나도 없다

제2부

달의 엉덩이

네가
금산공원 걸머리와
박성내다리 간드락 어간에서
둥그렇게 부풀어 오르다가
은근슬쩍 스리슬쩍
안 그런 척 노란 유채밭담 넘어 들어가
하마 누가 볼세라
훌러덩
순식간에 엉덩이 까고
쏴아 쏴아
솔바람 일으킬 때

아,
그 황홀함이라니!
그 농염함이라니!

노랑병아리에 대한 악몽

노랑병아리한마리노랑병아리두마리노랑병아리세마리잠이오지않을때는노랑병아리를떠올리면서노랑병아리를마음속으로세라는말에노랑병아리네마리노랑병아리다섯마리노랑병아리가점점늘어나더니노랑병아리스물여섯마리노랑병아리서른일곱마리가넘자머릿속이노래지면서귓가에선삐약삐약삐약삐약절대중간에눈뜨면안된다는말에노랑병아리여든여덟마리노랑병아리백다섯마리에이르자머릿속가득삐약삐약삐약삐약그래도노랑병아리백오십세마리노랑병아리백일흔여섯마리급기야노랑병아리떼가한꺼번에달려드는데노랑병아리백아흔아홉마리노랑병아리이백한마리하는순간사방팔방세상천지가삐약삐약노랑노랑삐약삐약삐약노랑노랑질겁하여그만눈을뜨고말았는데그다음부턴눈을감아도삐약삐약노랑노랑눈을떠도삐약삐약노랑노랑삐약삐약노랑노랑

연자매

내가 바로 이 마을 노인 회장이랜 헌 사름입니다 이디가 뭐냐 허민 보리, 조 이런 걸 갖다당 이디놓 쉐, 몰, 것도 어시믄 사름이 직접 밀었다 동겼다 허멍 뽀사그네 먹었다 이 말입니다 곤밥? 택도 어신 소리 곤밥은 식게나 멩질에나 먹는 거고 평소엔 보리밥 조팝도 어디십디가 허멍 살았다 이 말입니다 보리, 조, 이런 게 어시믄 저 밭이 강 무릇, 그거 캐당 범벅허영 먹으멍 살았어요 경허난 노인네를 공경해야 된다 이 말입니다 저 뒤에 학생 속솜허영 이 노인네 곧는 말 좀 들어보세요게 이거 고등학교 가는 시험에도 나오는 겁니다 뭐냐 허믄 보리나 조를 쉐, 몰이 밀었다 동겼다 허멍 좀질게 뽀사주는 것은?

현장 학습 나온 우리 학생들
연자매, 하고 큰 소리로 대답해준다

파도 소리

글쟁이 아무개 아들이
초등학교 2학년 때 국어 시험을 봤대나?
다른 애들은 답안지 받자마자 룰루랄라
콧노래 부르면서 내고 나가는데
하, 이 녀석만 끙끙대더란 말이지
무슨 문제인고 하니
파도 소리를 소리 나는 대로 쓰라는 거야

바다에서 나고 자란 녀석이라
꿈속에서도 들었던 게 파도 소린데
막상 그 소리 떠올리려니
덜 여문 머리통에 쥐가 나더라는 거야

교실에 저 혼자 남았는데
선생님은 자꾸 눈치 주지
애들은 유리창에 매달려
동물원 원숭이 보듯 하지

고추 꼭 잡아도 찔끔찔끔
오줌은 지려오지 에라, 모르겠다
처얼썩 처얼썩이라 후다닥 쓰고 나왔대
근데, 그게 아니래, 틀렸대

아니라고?
그럼, 쏴아 쏴아?

송아지 동무

우당도서관 1층 남자 화장실
어린 학생 둘이 화장실 문 앞에 나란히 서서
왼 다리 오른쪽으로 오른 다리 왼쪽으로
배배 꼬며 안절부절 서 있다

콰르르르르르
물 내리는 소리
어린 얼굴이 환해지고 마침내 문이 열린다
안에 있던 아이 손을 씻는데, 나머지 아이들
옆에 나란히 서서

무사 영 오래 싼?
몰라, 완전 많아 완전 길어
진짜? 아침에 뭐 먹언?
그냥, 밥
밥?
히히히히

히히히히

똥을 눈 아이와
똥 누기를 기다린 아이들이
나란히 손을 씻고 엉덩이 삐쭉빼쭉
화장실 밖으로 총총총 사라진다

신엄중학교

아이들이 교실에서
시를 외거나 문제를 풀고 있으면
까치들은 잔디 고운 운동장에서
이리저리 솔똥을 굴리며 놀다가
그것도 싫증이 나면 우루루루루
농구장으로 몰려가 요란하게 수다를 떤다

쉬는 시간이 끝나고 수업 종이 울리면
까치들은 소나무 교실로 일제히 들어가
소리 내어 시를 외거나 문제를 풀고
대신 아이들이 운동장으로 몰려나와
구령에 맞춰 찰랑찰랑 체조를 하고
여자애들은 피구를 남자애들은 축구를 한다

종례를 마친 아이들이
삼삼오오 짝을 지어 노을에 물드는 집으로 가면
까치들은 운동장에 다시 모여

오늘은 골키퍼 형진이가 알까기를 했다는 둥
희선이는 뛰다가 바지가 흘러내렸다는 둥
깔 깔 깔 깔 깔 깔 깔 깔
바다가 해를 꼴딱 삼킬 때까지
하얗게 배때기 내놓고
까닥까닥 꼬랑지 흔들며 하루를 동여맨다

새우의 꿈

한때 의사를 꿈꾸던 사내가
마른 새우처럼
병실 구석에 오그려 있다

눈물밥으로 끼니 대신하며
이대로라도 살아 있기만 바라는 아내에게
의사는 조심스레 집으로 모시라 한다

화석처럼 굳어버린 새우
그도 의사가 되어
금의환향 꿈을 꾸던 시절이 있었다

참 당돌한 인사법

—손병걸

1급 시각 장애를 가진 시인이
지팡이와 동료 시인 부축으로 더듬더듬
띄엄띄엄 단상에 올라 신입 회원 인사를 하는데
짙은 색안경으로 객석 한번 쓰윽 훑고는
한마디 던진다

저요, 이래 봬도 뵈는 게 없는 놈이거든요
그래서요, 선배든 후배든 먼저 인사 안 하면
저, 절대 인사 안 합니다
먼저 인사 안 하면요
그냥 지나칠 겁니다
끝내 모른 척할 겁니다
저요?
뵈는 게 없는 놈이라니깐요

순간 장내가 환해진다

장날

술이 덜 깬 봄날
아내에게 이끌려 오일장 가서
이래 주왁 저래 주왁
2년생 홍매 두 그루 만 이천 원에 사고
깐 마늘에 잡꿀 한 통 사고
새끼 병아리 빡빡
새끼 강아지 낑낑
새끼 오리 이래 화르륵 저래 화르륵

닭똥집 지나 꼼장어 지나
맨 끝집 광주 식당에 들어
아내는 멸치국수 나는 순대국밥
아내가 선뜻 파전에 막걸리 한 병 받아주길래
어제 술 위로 낮술 한 잔 내리고

집에 있었으면 방바닥에 엎드려
이리 뒹굴 저리 뒹굴 해 넘겼을 텐데

짐꾼으로 따라나서길 잘했구나

발그스레 낯빛에도 홍매가 피고

마주 낀 팔짱에도 어절씨구 꽃비가 내린다

누가 사랑을 아름답다 했는가

지천명 코앞에 두고
가파르게 달려온 지난날 돌아본다며, 이 선생
강원도 어느 절에 템플스테이를 신청한 것인데

승복으로 갈아입으면서
담배나 MP3, 휴대폰은 절대 금지, 라는 스님 말씀에
MP3는 그렇다 치고, 담배는 양말에
휴대폰은 진동으로 하면 되겠지 싶어
스리슬짝 꼬불쳐두었던 것인데

저녁 공양 마치고
백팔배 이어 면벽참선하는데
뒤가 마려워 해우소에 엉덩이 까고 앉아
꼬불쳐둔 담배 꺼내려는 찰나
바지 주머니 휴대폰이 그만, 철푸덕
통시 바닥으로 떨어지고 말았던 것인데

허, 그거 참

쪼그려 앉아 담배 연기만 날리고 있는데

누구일까?

해우소 바닥까지 좇아와 저리도 간절하게 나를 부르는 이

누가싸랑을아름답따핸는가아아아아아아

누가싸랑을아름답따핸는가아아아아아아

덜떨어진 생각

늦가을 오후 억새가
지천으로 하늘거리는 아끈다랑쉬에 오른다

굼부리 등성이에는 키보다 웃자란 억새들이
은빛 머릿결 후여후여 가을 길로 흐르고

가파도 청보리밭은 아니어도
인적 끊겨 호젓한 이런 데서
세경신 활짝 열려 맞으면 이 아니 좋을까, 하고
덜떨어진 생각에 흠뻑 취해 있는데, 바로 그때
"벗어 보쿠과?"
뒤따르던 여자가
바람결에 한마디 툭, 던지는 게 아닌가?

이렇게 통할 수가!
"이디서?" 하고 못 이기는 척 돌아서는데
"선글라스 벗엉 봅써. 경치 죽이지 않햄수과?"

"……어"

맞은편 다랑쉬 자락에 걸린 저녁놀에
그날 심하게 찔리고 말았다

우리 동네 정육점

한우 팔다, 접고
순대 썰다, 그마저 접고
지금은 가게 처마 밑이 호떡 좌판이다

쇠고기 들고 가던 아낙은
대신 순대를 샀고
순대 들고 가던 사내는 지금
납작한 호떡이 되어
집으로 간다

바람 찬 겨울밤
우리 동네 정육점 처마 밑은
그래도

따끈하다

어떤 그림

어제
아래층 여자가
베란다 아래로 뛰어내렸어요

오늘
아이 손을 쥐고
비명이 낭자한 자리 지나
식료품점에 두부 사러 갑니다

하얀색 스프레이
비릿한 콘크리트 바닥
채 마르지 않은 비누 거품 자국

"엄마, 이거 무슨 그림이야?"

장공장 골목

하 교장네 집 공부만 하던 원형이 형, 그 앞집 풍금 소리 담을 넘던 부산으로 이사 간 양 갈래 댕기머리 그 아이, 쌍둥이네 집 애자 누나 숙자 누나 무근성 펠레 종표 형 그 동생 종보, 한쪽 다리 절면서 유난히 축구를 좋아하던 상욱이 형, 마당 너른 네커리 기와집 윤할망네 집 문간방에 살던 주씨 성을 가진 새침데기 미령이, 우물이 깊은 집 민수 형 현수 형 그리고 준수, 우리 골목에 제일 먼저 테레비를 놓은 집 충하 형 충희 형네 집, 몰레물할망네 집 그 손자 손녀 순둥이 성훈이 요망진 진의, 딸만 일곱 순실이 순생이네 집, 방학 때면 동네 아이들 불러 모아 골목 청소 감독하던 제일 무서운 집 골목대장 원우 형네 집 그 아래 원진이 형, 어머니 심부름으로 됫병 들고 간장 사러 갔던 집 그 집 딸 이름이 영숙이었나 언제나 내외하던 그 아이, 장공장 옆 어느 날 죽은 상수 형 그 형 죽어 동네 아이들 곤밥 달게 먹여 준 집 그 아래 상종이

지금은 어디서 무얼 하며 사는지?

쫀쫀한 놈

킬로그램에 십오만 원 하는 갓돔 한 마리
작살내고 단란주점 가서 폭탄주
딸랑딸랑 털고 휘청휘청 편의점 들어가
삼천 원 내고 에쎄라이트 한 갑 사고
라이터 살까 말까 오백 원짜리 동전 만지작거리다
그냥 나와 지나가는 사람에게 불 빌리고

파리바게뜨 쇼윈도에서 어정대다가
뚜레쥬르에서 가격표만 힐끗힐끗 보다가
결국 붕어빵 한 봉지 달랑 들고
허공에 매달린 집으로 간다

비틀비틀
비틀비틀

제3부

밥그릇

—송경동

내 밥그릇이 두 개면
누구 한 사람은 밥그릇이 없다는 것

내 집이 두 채면
어느 가족은 마른하늘 아래 누워
별을 세고 있다는 것

어머니는 힘이 세다

발령 받고 열흘째 되던 날
검은 지프가 교무실 문을 거칠게 열고 들어와
끄트머리에 앉아 숨도 제대로 못 쉬는 초임 교사를
단번에 낚아채 차에 실었다

불온서적 명단을 들고
초임 교사의 방에 들어선
검은 지프의 구둣발을 본 순간, 어머니는
외마디 소리를 질렀다

신발!

기세 꺾인 검은 지프는 슬그머니 꽁무니를 빼더니
현관에 신발을 착하게 벗어놓고 다시 책장을 뒤지는데
검은 지프도 초임인지
책 찾는 꼴이 우습기도 하고 딱하기도 하여
어머니 덕에 당당해진 초임 교사는

인심 쓰는 셈 치고
비교적 덜 불온한 것들만 골라
가방 가득 챙겨주었다

상군 좀수

눈이 오나 ᄇᆞ름이 부나 죽어라고 물질허멍 돈을 모안 밧 돌레길 샀주 그 중 얼마는 ᄉᆞ태 때 잡혀간 큰아덜 빼내젠 허멍 폴고 ᄄᆞ시 얼마는 전쟁 나난 족은아덜 군대 가는 거 빼내젠 허멍 폴고 마지막 남은 건 ᄉᆞ태 때 결국 죽어분 큰아덜 대신 큰손지 대학 공부 시키저 장개 보내저 허멍 몬 폴고 이젠 매기독닥 펀찍

살아 있는 섬에게 무릎 꿇어 잔 올리고 싶다

두 죽음

1.

경기도 동두천시 인근 신천변에서 폭우로 고립된 인명을 구하려다 급류에 휩쓸려 유명을 달리한 119대원에게는 대통령이 직접 조의를 표했고 결국 대전국립현충원에 안장됐다

2.

강원도 속초시 교동에서 폭우로 고립된 고양이를 구조해달라는 신고를 받고 출동했다가 로프가 끊어지는 바람에 유명을 달리한 119대원에게는 대통령이 조의를 표하지 않았고 대전국립현충원에도 안장되지 못했다

'화재진압과 구조, 구급업무, 실습훈련 중 순직한 자'가 아니라는 이유에서다

폭설

다음은 오일장, 오일장이우다
노리컬랑 혼저 앞더레 나옵서양

오늘은 무사 영 늦읍디가
질레서 얼어 죽는 중 알아수게

첨, 할망도 곱곱헌 소리 맙서
저 동펜인 가난 질레 눈이 고득허연
큰 차나 족은 차나 빌빌빌빌
서펜인 가난 질 가운디 땀뿌추럭이
탁 걸러전 누어부런 어떵헐 말이우꽈

그거 무신 말? 시상에
게나저나 이거 무신 눈이라, 콸콸콸콸

노릴 때 맹심헙서양
미끌락허민 그땐 진짜로 죽어집니다

히여뜩헌 소리
세경 바레지 말앙 운전이나 멩심헙서

할머니를 내린 버스가
찰그락찰그락 눈길 속으로 멀어진다

플라워 카펫

광화문 광장에
세종대왕께서 납시었는데, 그 바로 뒤
꽃 무더기 해치가 앉아 있는 꽃밭 이름이
나부끼는 성조기 생각하라는 건지
Flower carpet이다

한 손에 책을 펼치신 우리 할아버지
플라워, 꽃, 플라워, 꽃
카펫, 카핏, 카펫, 카핏

말년에
고생이 많으시다

정말 시인

정말, 이란 말을 정말 아무 생각 없이 써오다가 소설 쓰는 한창훈의 표현을 빌면, 정말 로마 병정 같고 정말 무성영화 변사 같고 정말 남인수 풍의 가수 같고 정말 삥끼쟁이 같은 홍성 태생 이 아무개 시인의 『정말』을 읽다가 문득 시가 정말일까 하는 생각에, 글쎄다 싶어 시집에서 정말을 찾아보는데 정말이라는 시는 없고 시집 속에 깃들어 사는 정말을 찾는데 엄지손가락 끝에 수많은 말들이 넘어지고 자빠지고 묻히고 스친다

정말정말정말정말정말, 하!
정말 있다 정말이란 말 정말 있다
「참 빨랐지 그 양반」이란 시에 딱, 한 번 나온다

시가 정말인지는 모르겠는데
그는 정말 시인이다

마라도에서

다섯 통의 전화를 받았다
세 통은 축하한다는 거고
나머지는 한잔 사라는 거였다
고맙다고 했고
지금은 마라도에서 유배 중이라 했다

배가 끊겨 섬이 가벼워지는 날이면
아낙들은 점당 백 원짜리 고스톱을 치고
남정네들은 문어 삶아 술추렴을 한다
바쁘게 섬을 돌던 카트도 모처럼 주무시고 계시다

인터넷도 끊기고 에어컨도 돌아가지 않는다
내일이 백중인데 배가 끊겨 떡이 올 수 없다며
보살이 발을 동동 구른다
이번 부처님은 지지리도 먹을 복이 없나 보다

태풍 무이파가 몰려오던 날 어느 시인은

히말라야 산맥이 달려드는 것 같다 했고
섬이 흔들려 심한 멀미를 느꼈다 했다

오후가 되자 바람 끝이 사나워지고
바다는 하얀 이빨 드러내고 으르렁거린다

내일도
섬은 가벼워질 것이다

거미

물질 가려고 탈의실에 모여
하얀 가루약 탁탁 털고 기다리는데
어디서 왔을까 바닥에 거미 한 마리
칠순 할망 무릎 꿇어 두 손 모은다
이래 옵서 관세음보살
이래 옵서 관세음보살

고무옷 갈아입던 손아래 할망도
망사리끈 고치던 상군 아지망도
이래 옵서 관세음보살
이래 옵서 관세음보살

이여이여 이어도사나
이여이여 이어도사나
칠성판 등에 지엉 하올락 하올락
저승 강 돈 벌엉 이승 새끼덜 키왐수게
새끼덜 키와지민 저승 갈 여비 벌어사 헙니께

이여이여 관세음보살
이여이여 관세음보살

거미가 오시면 망사리 가득 전복 딴다는 속설에
믿거나 말거나 이여이여 빌어 보지만
난로 강알로 들어간 거미는 보이지 않고
어촌계장은 물때 됐다고
허튼짓 말고 재기재기 배에 오르라고 외자기고

사람이어서 미안하다

돼지독감으로 일주일 동안 바깥출입 못하고
방구석에 갇혀 있었다는 아내의 말에
동료 교사가 토를 달더란다

사람으로 태어난 거 다행인줄 압서
쉐나 도새기라시믄 살처분허영 묻어부러실 거우다

저녁상을 물리면서 나도 거든다
당신만 살처분이라?
나도 아이들도 동네 사람들도
도매금으로 생매장 되실 테주

그해 겨울 석 달 동안
317만 마리 돼지와 15만 마리 소가
살처분되었다

사람이어서 다행이고

사람이어서 미안하다

국데워라 금순아

천 개 의자가 있는
낙천리 아홉굿 마을에서
두 다리로 서 있는 것들을 위해
네 다리 내주는 것들에 앉아도 보고
명찰 달듯 의자에도 이름이 있어
찬찬히 하나씩 불러보는데

국데워라 금순아?

눈보라 휘날리는 바람찬 홍남부두
목 놓아 찾아보고 불러봤다던 금순이가
초생달만 외로이 뜬 영도다리 난간 위
어디서 무얼 하든 살아만 있어야 할 금순이가
죽지 않고 살아 낙천리 아홉굿 마을에서
국을 데우고 있다니

그래, 산다는 게 뭐 별 거냐

국 데우면서라도 굳세게 살아가는 게
사는 게 아니겠느냐
굳세어라 금순아
국데워라 금순아

방이 이모

—한창훈

객지에서 고생스러울 것인디 밥이나 제때 먹는지 잠이나 잘 자는지 에미라고 할 수 있는 게 아무리 생각해도 이것밖에 없더라 아예 공짜로 퍼주고 싶지만 그러기는 어렵고 해서 들르는 사람은 무조건 배라도 채워 보내려고 밥집을 차린 것이다 그래야 집 나간 둘째도 어디서든 배곯지 않을 것 아니겠냐

밥집을 차리지 않아도 마음 고픈 사람을 깊은 눈으로 바라보는 이가 있다

하필 그때 왜?

오랜만에 찾은 관음사
미륵불 앞에서 두 손 모으고
마음속으로 기도하는데

'우리 아이들 아프지 않게 허여줍서'
그런대로 여기까진 괜찮았는데

하필, 그때, 왜?
'관세음보살'은
어디 가고
'아멘'이
튀어나왔는지…….

괜한 짓을 한 탓일까
절 문까지 나오는데
두 번 넘어질 뻔했다

숯불 피우는 사내

중국 길림성 아리랑 숯불갈비
주방 뒤켠 외진 곳에 쭈그려 앉아
비지땀 흘리며 숯불 피우는 사내
북조선 사내

삼 년 전 겨울이었나
영양실조에 등 굽은 어미아비 고향에 두고
잠시 마실 다녀온다는 말만 남기고
북조선 국경공안이 보이면
얼음 강 속에 몸 숨기고
중국 국경공안이 보이면
두더지굴에 몸을 묻어
죽기 살기로 압록을 건넌 그 사내

바로 저 산 아래가 고향이라는 사내
어미아비 소식은 끊긴 지 오래고
이젠 가고 싶어도 갈 수 없다는 사내

남조선 담배 한 모금에
눈시울 붉히는 사내
빨리 들어가야 한다며
사장님 알면 큰일 난다며
담배 한 개비 손에 쥐고 총총히 멀어지는
북조선 그 사내

희정 식당

동문 시장 외진 구석
두 눈 크게 뜨고 둘러보지 않으면
선뜻 나서지 않는 집

절름발이 탁자엔
비릿한 가난에 뼈 없는 닭발 같은
반쯤 취한 이들이 쓴 소주 한 병씩 들고
비척걸음으로 들어와 어제처럼
술추렴하는 집
천장에 매달린 선풍기가
비틀비틀 먼저 취해 있는 집

식당 유리문에
'간처녑'을
'간처념'이라 써 붙여도
하나도 어색하지 않은 집
오히려 간처념이 썩 어울리는 집

가끔은 술꾼보다 일찍 취한 쥔이
이미자의 동백 아가씨가 되고
백난아의 찔레꽃이 되는 집

오십만 동

베트남 중부 꽝아이성
빈호아초등학교

통일 전쟁 중에
남쥬떤 군인에 의해 학살당한
양민의 유자녀에게
위로금인지 장학금인지
오십만 동 쥐어준다
남쥬떤 돈으로 환산하면
이만 오천 원

뜨거운 태양 아래
아이들 박수를 받으며 돌아 나오는 길

하마터면 육백만 동짜리
미국산 라이방 잃어버릴 뻔했다

제4부

긴한 말씀

긴히 할 말이 있으니
퇴근길에 꼭 들르라는 어머니
대체 무슨 일이냐고 물으니
전화로는 말할 수 없다 하신다

위암이 재발해신가 아니면
아버지가 불편하신가

우풍 심한 어머니 집에 들르니
우선 밥부터 먹으라며
안과 갔다 꼬닥꼬닥 동문 시장에 갔는데
꿩마농이 하도 싱싱해 한 단 사고
멜젓 조금 넣어 조물조물 파김치 담고
눈 맞은 배추 넣어 만든 콩국으로
저녁을 먹는데, 옆자리에 토다 앉아 긴한 말씀 하신다

언치냑에 테레비 보난

ᄀᆞ는 거나 술진 거나
매ᄒᆞᆫ가지렌 허여라
봉다리 사탕 사다둠서
기리울 때마다 ᄒᆞ나썩 빨아먹으민
끊어진덴 허여라
작산것이 그거 하나 못허여?
모지직허게 끊어불라

알았수다 나오지 맙서
파김치 봉지 들고 달랑달랑
대문 밖 나서자마자 뒤 한 번 돌아보고
ᄀᆞ는 담배 입에 물고 어머니의 긴한 말씀 되새긴다

빙의

옛말 고르커메 들어보라

느네 성할망은 느네 아방 낳고 소박맞앙 여든 나도록 촌집에 혼자 살아시녜 어느 날 집에 강보난 우영팟엔 검질이 왕상 정지엔 거미줄이 고득허연 아이고, 영허당 죽어져도 모를로고나 싶언 옷가지 몇 개 이불 보따리에 싼, 집으로 모셩와신디 온 지 얼마 아니 되연 시름시름 아프기 시작헌 거라

느네 아방은 성할망신디 술은 절대 먹지 말렌 불호령을 해노난 말벗 어신 촌 할망 오죽이나 곱곱해실거라? 보기에 하도 딱허연 아방 모르게 점방에 강 할망 좋아허는 흰 술도 사고 붉은 술도 사고 찬장에 곱져둠서 흰 술 한 잔 붉은 술 한 잔 드려나시녜 느네 아방 모르게

성안에 온 지 두 달 보름 만에 할망이 오꼿 죽으난 정성 치성으로 영장 치르고 왕강징강 구왕풀이도 허고 사십구재도 허연 저승 상마을로 잘 인도해 드렸주

일 년 만에 소상 치르고 닷새 정도 지나신가 이모한테서

전화가 온 거라 영장 때영 소상 때 부지런히 부름씨해준 진수 어멍이 꼭 할망 씌운 거 닮덴 허멍

이거 무슨 일인고 허연 와랑와랑 달려간 들어보난 소상날 밤부터 빌빌빌빌 아프기 시작허여신디 누워둠서 허는 짓이나 허는 소리가 영락없는 죽어분 할망이렌 허는 거 아니라?

내가 봐도 할망이 돌아온거라

가슴이 철렁 내려앉고 눈물이 숨딱허연 손목 심엉 솔솔 달래멍 고랐주

—아이고 어머님아 무사 이제도록 아니 갑디가? 구왕풀이에 사십구재에 소상까지 동그랗게 출령 보내신디 무신 칭원헌 일이 이선 죄 어신 진수 어멍 몸에 의탁을 헙디가?

—곧고 싶은 말 곧젠 해신디 몸은 진토가 되어부런 잠시 잠깐 놈의 몸에 의탁을 해시난 고라지민 바로 가켜

—경허걸랑 고릅서 어머님아

—고마웁다 메누리야 흰 술 받아줜 고마웁고 붉은 술 반

아줜 고마웁다 메누리야 흰 술 한 잔만 받아도라 붉은 술 한 잔만 받아도라

—아이고 우리 어머니 막 기리와났구나게 걸랑 그리헙써

와랑와랑 슈퍼에 달려간 소주 한 병 콜라 한 병 사단

—흰 술 한 잔 받읍서 붉은 술 한 잔 받읍서, 허멍 드리난

—고마웁다 메누리야 고마웁다 메누리야

닷새 동안 거동도 못허던 진수 어멍 소주 한 잔 쭈우욱 콜라 한 잔 쭈우욱 허연게마는 '아이고 시원허다, 이젠 살아지켜, 나 감져'

벽장더레 돌아눕자마자 소르륵 자는 거라, 죽은 사람고치

다음 날 아침 그 어멍 '아이고 잘 잤져' 허멍 펀드룽이 일어난 세수허고 로션 바르고 루즈 칠허고 십 년 넘게 다니는 사무실에 출근허연 이십 년 넘게 더 다니단 사오 년 전엔가 죽었덴허여, 여든다섯에

자리물회

여든 넘은 어머니가 쉰 넘은 아들 위해 해마다 자리철이면 자리물회 만드신다 말이 운동이지 바람 불면 휘청이는 몸으로 허청허청 동문 시장에 가서, 보고 또 보고 고르고 또 골라 알 밴 자리 한 양푼 미나리 한 줌 양파 두 개 오이 두 개 깻잎 열 장 쉐우리 한 줌……

어느젠가 "자리물회 맨들아시매 왕 시원히 혼 사발 허라" 하는 말에 가서 먹는데, "식당엣것보다 맛좋수다" 지나가는 말로 한마디 했는데 그때부터 어머니는 해마다 자리철이면 시장에 가서 자리 사다 조선된장에 빙초산 넣고 조물조물 버무려 물회를 만드신다

앞으로 몇 년 더 만들지 모르지만 내년에도 내후년에도 올해처럼 만들고 또 만들어 "자리물회 맨들아시매 왕 시원히 혼 사발 허라" 하는 어머니의 목소리를 듣고 또 들었으면 하는 지나친 욕심을 부려보는 것이다

삼복을 지나며

비 한 방울 오시지 않는
계사년 여름 삼복
여든 넘은 어머니 덕에 날 수 있었지

마른 살 발라 자리가 되고
여윈 팔다리 발라
한치가 되고 오징어가 되고
듬성듬성 머리칼 베어
된장 버무려 톳장국 되고

먹어도 먹어도
물리지 않는 어머니
비 한 방울 오시지 않는 여름 삼복
여든 넘은 어머니 덕에 날 수 있었지

마지막 소망

이녁 발걸음으로 화장실 출입허당 오고생이 죽어지는 게 말년 늦복이렌 허영게 하이고 게메 느네 아방은 이미 글러부러신게 경해도 귀는 트연 뭐셴 고르믄 고개도 끄덕허고 물 도렌도 허고 그것만도 어디라 더 아프지만 말앙 자는 듯이 죽어지믄 그것도 복이주 하루라도 나보다 먼저 죽어 주는 것만도 큰 복이고 말고

게나저나 나 죽을 때랑 나냥으로 화장실 출입허당 톡, 허게 죽어져사 헐건디 경해사 느네덜이 덜 고생헐 건디, 게메 경 해지카

꽃을 든 남자

키 낮은 집에서 어머니와 나란히 앉아 텔레비전을 보는데, 어머니 닮은 어머니가 쉰을 훌쩍 넘긴 아들 닮은 아들에게 한 말씀 하신다

언제부턴가 너그 아부진 집밖으로 나갔다 하면 동네방네 다니믄서 꽃이란 꽃은 죄다 꺾어 한 아름 안고 돌아와 마당 가득 널어놓았니라 마당이 꽃 천지였당께 남새시럽기도 허고 동네 미안헌 것도 한두 번이지 그때 생각으룬, 이그 저 냥반 왜 죽지두 않고 저 지랄인가 했는데 막상 옆에 없으니께 맴이 시리네 길 가다가두 꽃을 든 남자만 보믄 너그 아부지가 살아 돌아왔나 하고 한 번 더 보게 되더랑께

먼 길 가신 아버지 생각이 나선지 어머니는 말없이 채널을 돌리신다

오래된 사랑

어머니가 면도를 하신다
여든여덟의 나이에 병상에 누워
움직임을 잊어버린 아버지의 면도를 하신다
김이 모락모락 나는 하얀 수건으로 찜질을 하고
비누 거품 얇게 발라 조심스레 면도를 하신다
이 없는 텅 빈 입이 오물거릴 때마다
ᄀᆞ만이 십서 ᄀᆞ만이 십서
돋보기 끼고 한 올 한 올 면도를 하신다
그 모습 가만히 지켜보는데
'참 곱다'

날이 지날 때마다 아무런 흔적 없이
한 올 한 올 베어지는 하얀 수염
아버지의 시간들을 무척이나 닮았다
마른 수건으로 깨끗이 닦아내고
탈지면에 알코올 적셔 소독을 하고
입으로 호호 불어 마무리한 다음

아버지 보면서 어머니 한마디 하신다
"참 곱다"

텅 빈 입이 빙색이 벌어진다

간절하게

살아생전 걸음걸이가 불편했던 당신에게
하얀 저승신 갈아 신기고
행여 먼 길 가다 벗겨질세라
무명 끈으로 단단히 졸라매고 어머니는
미동도 없는 당신의 귓불에다
간절하게 너무도 간절하게 귀엣말 하신다

먼 길이렌 헙디다
가도 가도 먼 길이렌 헙디다
이왕지사 가는 거 청 하나만 들엉 갑서
외손지, 그 아이가 무신 걸 압니까
분시 모르는 아이우다
살 날이 창창헌 아이우다
먼 길이주마는 이왕 가는 거
그 아이 마음에 병 우꿋허게 들렁 가줍서
가당 너르닥헌 가시낭밭 나오걸랑
훅, 허게 데껴뒹 화르륵, 솔라붑서

다시는 들지 않게 허여줍서
우리 외손지, 그 아이가 무신 죄우꽈
설룬 아이우다 칭원헌 아이우다
이왕지사 가는 먼 길
제발 이 청 하나만 들엉 갑서양?

알암주양?
들엄주양?

나중에

목욕탕에 모셔 가 등 한번 밀어드려야지
가까운 보쌈집에 가서
당신이 좋아하는 술 한잔 드려야지, 나중에
직접 쌈도 싸 드려야지
나중에 걸음걸이 나아지면 구두 한 켤레 사 드려야지
오래된 잡지책 보면서
해 뜨는 일출봉 물 지는 천지연 그리시는 아버지
나중에 어머니랑 함께 도일주 시켜 드려야지
그때는 할머니 산소에도 들러야지
돌아오는 생신날 그림물감도 선물해야지
부러진 대걸레 자루로 지팡이 쓰시는 아버지
멋진 놈으로 하나 사 드려야지, 나중에

아버지도 나중에 가실 거라 생각했는데
나중에 하고 싶은 일이 그리 많았는데
대걸레 지팡이에 불편한 몸 의지한 채
아버지는 그냥 먼저 가셨다

할머니 산소도 가보지 못하고

아버지의 不忘記

母親님은 1985年 1月 22日(음) 82歲 때 他界하시고 그때 나는 叔父任과 의론하여 제주시 公園墓地를 決定하였다. 朴政權 때에는 耕作地에 墓를 쓰는 것이 不安하였다. 나는 그날 葬禮를 回想하였다. 母親님은 고독하고 애절한 一生을 보냈다. 나의 能力이 不足한 탓이라 생각할 수 있다. 나는 下官祭를 올리면서 나도 이곳을 通하여 靈界로 갈 것이고 近接하게 母親님의 魂을 慰勞해야 한다고 묵념하였다.

유품을 정리하는데, 아버지는 대학 노트 갈피에 당신의 어머니를 잊지 않으려고 오래 전, 고독하고 애절한 사연을 남기셨다. 나는 그런 아버지를 잊지 않으려고 이렇게 시 나부랭이 끄적여 보지만, 부질없다

휘영청

아부지,
당신의 아들이 사는 마을에 휘영청 달이 떴습니다

저렇게 휘영청한 어느 날 내로라는 글쟁이들이 달빛에 대취해서 즉흥시 발표회를 열었다지요 김 아무개 시인이 달빛 출렁이는 술잔 들고 일어나 '아, 휘영청 달아' 하고 시를 읊는데 아, 감탄까지는 그런대로 폼이 났지요 오른손으로 제 엉덩이를 탁 치면서 휘영청 해야 하는데 뜻대로 안 되는지 한 번 치고 휘영청 또 치고 휘영청 다시 치고 휘영청 하다가 술잔에 담긴 달빛만 휘영청 넘실거렸다지요

아부지,
저승신 신고 나선 길
내일이면 사십구잽니다
지금쯤 휘영청 휜 그늘 넘고 계시겠지요

붉은발말똥게

똥깅이야 똥깅이야 붉은발말똥깅이야

무쇠고래가 오람젠 허염저
불 뿜는 무쇠고래가 몰려 올거렌 고람저

느네 동네도 메와불거렌 허염저
느네 바당도 소개령이 내릴거렌 고람저

똥깅이야 똥깅이야 붉은발말똥깅이야

써근섬도 무쇠고래 차지렌 허염저
모살덕도 무쇠고래 차지렌 고람저

느네 동네도 무쇠고래 적시렌 허염저
느네 바당도 무쇠고래 적시렌 고람저

똥깅이야 똥깅이야 붉은발말똥깅이야

충충고랭이도 짐을 쌌덴 고람져
오죽해시믄 부처꽃도 길을 나사시커냐

어린 건 등에 지곡 아픈 건 품에 안곡
갈라서지 말곡 흔들리지 말곡 어서 글라

구답물 지나 개구럼비 너머 백록담 혈망봉으로 혼저 글라
빠각빠각 게거품 물멍 불복산 한라산으로 어서 글라

뚱깅이야 뚱깅이야 일강정말뚱깅이야

사이렌

하우스에서 귤꽃을 따다가도
모처럼 벗들과 어울려
막걸리 한잔 하다가도
미장원에서 파마를 하다가도
삼거리 식당에서 동태찌개를 끓이다가도
좌판 벌여 고등어를 팔다가도
몸져누운 시아버지 저녁상을 차리다가도
사이렌이 울리면
살려달라 살려달라 사이렌이 울면
모여라 모여라 사이렌이 울면
달포 지나도록 떨어지지 않는 감기 몸살 데리고
생선 비린내 나는 손으로
길을 나선다

요자기는 수녀님이 잡혀갔덴 허고
언치냑은 대책위원장을 잡아가불고
목사님 박사님은 아직도 감옥에 있덴 허는디

오늘은 또시 누게가 잡혀갈건고
우리 아덜 풀려난 지 얼마 되지 않허여신디
또시 가면 그냥은 못 나온덴 허는디
차라리 내가 가사 헐건디

펜스로 가는 길
사이렌이 운다
살려달라 살려달라 사이렌이 운다
모여라 모여라 사이렌이 운다
뽀글뽀글 머리카락이 쭈뼛쭈뼛 일어선다
허청허청 걸음이 바쁘다
소름이 돋는다
치가 떨린다

꽃

꽃이 부러졌다
7미터 테트라포드에 부딪혀
꽃의 어깨가 부러지고
툭!
툭!
툭!
바닥으로 떨어지면서
꽃의 허리가 망가졌다

꽃이 숨을 끊었다
삼 년 전 용산에서
오랜 단식으로 의식을 잃어
순간 멈춰버린 꽃의 심장이
강정 마을 폭력의 펜스 앞에서
다시 숨을 끊었다

그러나, 보라

꽃들은 온다

어깨 부러지고 숨통이 끊어져도

꽃들은 온다

으깨어지고 짓이겨져도

화르륵 화르륵 화르륵 화르륵

한 송이 열 송이 되고

백 송이 천 송이 되어

수레멜망악심꽃 너머 환생꽃 번성꽃 웃음웃을꽃

꽃들이 온다

구럼비에 아로새겨질 일파만파 꽃들

굽이치며 되갈라치며

꽃들이 몰려온다

터진목*의 눈물

왕강징강 왕강징강
연물소리에 하늘 열리고
차사영겟기 따라 몰살 당한 영혼들
퀭한 얼굴로 흐느적흐느적 내려온다

이거라도 자셩갑서
이거라도 자셩갑서

원미 한 그릇
애산 가슴에 담아 바당길로 보내는데
일출봉 터진목으로 비가 내린다

아이고 우리 아바님
아이고 우리 어마님

원미 한 그릇 자셔지난
하도 고마완 울엄구나게

하도 칭원허연 울엄구나게

고마웁다 내 새끼야
고마웁다 내 새끼야

---

* 성산 일출봉 입구에 위치한 지명. 4·3 당시 집단 학살이 있었다.

어머님 말씀

—반례

네가 총을 겨누었을 때
네 앞의 모든 사람은 다 적이다

네가 총을 거두었을 때
네 앞의 모든 사람은 다 사랑이다

훌훌 털고 가라, 공철아

—故 정공철 영전에 부쳐

8월이면 민족극한마당이 제주에서 열리는데
경향 각지에서 찾아들 딴따라들을 위해
그때까진 다부진 몸 만들어
막걸리 석 잔은 거뜬하게 비우겠다더니
에라이, 야속한 사람아!
이 속절없는 사람아!
4·3굿이며 입춘굿은 누가 이어가라고
서천꽃밭 시왕질 이리도 서두르셨는가?
바당에서 노는 것들이 몬딱 안줏감이고
한라산 사무실 남은 술이 어서 오라 부르는데
피다만 꽁초가 재떨이에 그대로 남아 있는데
에라이, 무정한 사람아!
이 속절없는 사람아!
관덕정 마당에 카페리가 들면, 그땐
전국의 광대들을 한자리에 불러 모아
천지개벽 해방 세상 대동 세상 열두 당클 큰 굿판 벌이겠
다던

굳은 맹세는 어찌 되었는가, 이 사람아!
혈육 한 점 수정이만 남겨두고
왜 이리 서둘렀나, 이 사람아! 모진 사람아!

그러나 어쩌겠나?
이승에는 이승법 있듯 저승에는 저승법 있어
그대 먼 길 떠나려 하니 붙잡지 않으려네
뒤돌아보지 말고 훌훌 털고 가시게
미운 정 고운 정 다 거두어 가시게
가서 부모님 찾아뵙고 대학 마쳤으니 곧
선생 할 거라 거짓말했던 거 한 잔 따르면서 고백하시게
먼저 간 동생도 불러 두 일레 열나흘 못다 한 정도 함께
나누시게
이태 전 앞서 간 털보 정완이도 불러 새로운 굿판을 도모
하시게
이승과 저승이 서로 만나고
산 자와 죽은 자가 한데 어우러지는

신인동락 너른 세상에서 우리 다시 만날 수 있으리니
공철이 이 사람아,
먼 길이라네 가도 가도 끝이 없는 먼 길이라네
돌아보지 말고 가시게
훌훌 털고 부디 잘 가시게, 공철아! 이 사람아!

강정의 아이들에게

—신경림

세계 여러 곳을 다녀봤는데
이보다 아름다운 곳을 본 적이 없다

애들아
너희들은 마을을 지키기 위해 싸우는
어머니 아버지를 자랑스럽게 여겨도 된다

그리고
이 기나긴 싸움의 시간을
아름답게 기억할 날이 반드시 올 것이다

어른들의 잘못으로
너희들도 분노를 알아야 한다는 게
안쓰럽구나
미안하구나

저 바다를 보아라

구럼비 해안에 돌찔레가 보이느냐
너희들 어머니시다

범섬 너머 불어오는 바람을 느끼느냐
너희들 아버지시다

우리가 만약

—김남주의 운을 빌어

우리가 만약
강정 마을에 들어서는 군사기지를 용납한다면
강정 마을은 물론이고
한라산 오름 오름이 군사기지가 될 것이고
한라산이 군사기지가 되면
한반도 금수강산이 군사기지가 될 것이고
한반도가 군사기지가 되면
동아시아의 아이들은
전장의 총알받이가 될 것이니

우리가 만약
강정 마을에 들어서는 군사기지를 막아낸다면
강정 마을은 물론이고
한라산 오름 오름에 평화의 꽃이 피어날 것이고
한라산에 평화 꽃이 피면
금수강산 삼천리가 꽃물결을 이룰 것이고
금수강산이 꽃물결이면

동아시아의 아이들은

평화의 꽃노래를 함께 부를 것이니

선택은

우리들의 몫

해설 · 시인의 말

빙의, 죽음과 가난을 껴안은 사랑의 노래

김진하 문학평론가

김수열의 시를 읽어왔던 독자들은 시집『생각을 훔치다』에서 그의 시 세계가 하나의 정점에 도달하였음을 보았을 것이다. 그의 시에서는 현실에서 억압받고 소외당한 이들과 역사에서 패자로 남은 민중들이 저마다의 목소리를 부여받고 주권을 회복한다. 그것은 분명한 알레고리와 주제의식을 통해 드러나기도 하고 경쾌한 아이러니와 익살로 표현되기도 한다. 그의 시들은 가난을 노래하되 비굴하지 않고 역사의 상처를 증언하되 비탄에 빠지지 않는다. 그렇다고 사회 고발이나 역사의식을 전면에 드러내어 투사적 풍모를 자부하거나 계몽가의 역할을 과시하지도 않는다. 다만 그는 현실의 고통이 개인의 숙명으로 환원되는 것을 거부하고 어두운 역사가 승자들의 기록으로 은폐되는 것을 부정한다. 그 바탕에는 소박한 민중의 삶에 대한 신뢰와 애정이라는 진정성이 자리하고 있다.『생각을 훔치다』의 시들에 오장환문학상이 주어져

상찬 받은 것은 마땅한 일이었다.

김수열의 『빙의』는 『생각을 훔치다』의 연장선 속에 놓여 있다.(그러니 독자들은 『생각을 훔치다』를 먼저 읽어보시라) 그의 시에서 먼저 확인할 수 있는 것은 시인과 시 사이의 일체감이다. 그는 시인의 주체를 생활인의 주체와 별개로 설정하는 시인이 아니라 육신이 처한 생활 공간의 체험을 시의 형식에 담아내는 참여 시인이라고 할 수 있다. 그의 시에서는 시인의 목소리와 관점을 가난한 민중의 세계에 밀착시키려는 의지가 두드러진다. 직접적인 체험 혹은 참여에 대한 지향과 더불어 민중의 중개자가 되려는 의지는 그의 시 세계에 시공간적 넓이와 형식적 다양성, 그리고 발화의 다음성을 부여한다.

김수열 시의 넓이는 시적 공간이 제주에서 한반도, 연변, 베트남, 모리셔스로 거침없이 확대되는 행보 속에서 그려지고 있다. 모리셔스에서 본 노동자들은 "그 할아버지의 할아버지가/아프리카에서 팔려왔거나/목숨 걸고 인도양을 건너왔거나"(「모리셔스, 아침 7시」) 슬프게 떠도는 존재들이다. 마찬가지로 "중국 길림성 아리랑 숯불갈비/주방 뒤켠 외진 곳에 쭈그려 앉아/비지땀 흘리며 숯불 피우는 사내/북조선 사내"(「숯불 피우는 사내」)에서 드러나는 원근법을 통해서는 시인의 시선이 동심원을 그리면서 초점이 맞춰진다. 이런 시선이야말로 시인을 시인이게끔 하는 조망 능력인데, 그렇다면 이런 조망 속에서 시인의 시선이 가닿는 곳은 어디인가. 시인은 동네 정육점 앞을 지나는가 싶으면(「우리 동네 정육점」) 아내와 오일장에 가 있고(「장날」), 중학생들을 가르치는가 싶으면(「신엄중학교」 외) 절간에 가 있다(「누가 사랑을 아름답다 했는가」

외). 시인은 노동의 권리를 외치는 현장이나 정치권력에 맞서 싸우는 갈등의 장소보다는 일상과 더불어 역사 속으로, 자연과 더불어 생활 속으로 어느새 성큼 발걸음을 옮겨놓고 죽음과 가난의 모습들을 들여다보고 있다.

죽음과 가난은 이 시집의 근간이 되는 두 가지 주제이다. 특히 시인은 시집의 전반부에서는 주로 자연물을 대상으로 하여 죽음의 현상들을 묵묵히 응시하고 후반부로 나아가면 인간의 죽음을 바라본다. 자연의 죽음은 나무의 모습을 빌려 서정적으로 관조하기도 하고, 새나 벌레의 모습을 빌려 무심한 생태계의 원리로 응시하기도 한다. 그리고 사람들의 죽음에 대한 시선은 더욱 무거워져서 인척들의 죽음에서부터 사회적 사건으로서의 죽음, 역사 속의 죽음으로 전개된다. 거의 강박적으로 죽음에 관심을 둔 시인은 삶 속에서 죽음을 보고 죽음에서 삶을 본다. 특히 시인이 자기 성찰의 대상으로 삼은 나무의 이미지는 죽음을 대하는 시인의 태도를 잘 보여준다.

장백산 가는 길
가도 가도 자작나무
다시 가도 자작나무

그 가운데
꼿꼿하게 선
죽은 자작나무를 본다
한 치 흔들림 없다

살아서 하얀
자작나무들
죽어서도 하얀
자작나무를 우러르고 있다

자작나무는
죽어서도 자작나무다
별처럼 하얀 자작나무다

_「자작나무」 전문

백두산 가는 길에서 본 죽은 자작나무를 소재로 한 이 시는 산뜻하고 인상적이다. '자작나무'의 음감을 한껏 고양시킨 세련된 기법에서 시인의 능숙한 언어 구사를 보는 것도 즐겁다. 그런데 이 시에서 죽은 자작나무의 모습은 시집 전반에 걸쳐 있는 죽음에 대한 응시와 이어진다는 점에서 관심을 끈다. 이 시에서는 죽음의 물상이 "죽어서도 하얀" 자작나무의 물질성에서 "별처럼 하얀" 정신성으로 전환되고 있다. 순결한 정신의 상징으로 포착된 자작나무는 살아서도 하얗고 죽어서도 하얀데, 자작나무에 대한 예찬에서 순결성을 지향하는 시인의 다짐을 읽는 것은 자연스러운 독법일 것이다. 하지만 시인의 성향은 서정성보다는 물질적 응시로 기울어져서 이번 시집을 관통하는 하나의 주제로 죽음을 바라보도록 한다. 특히 시집의 전반부를 지배하는 죽음에 대한 응시는 생생한 생명의 풍경과 혼재되어 뚜렷한 대조 효과를 낳고 있다. 그의 시에서 죽음과 삶은 생활 속에 현전하는 실재이다. 시인에게 죽음은 존재론적 성찰이나 형이상학을 매개하는 소재가 아니라 생활의 가난에 밀착된 것이고, 생존의 끝에 만나게 되는 물리적 현상이다. 시편 곳곳에 드러나는 죽음의 모습들은 "뿌리 드러내 쓰러진 나무"(「곶자왈에서」)에서, "화석처럼 굳어버린 새우"(「새우의 꿈」)를 넘어, 그리고 인척이나 지인들의 죽음을 지나, "몰살 당한 영혼들"(「터진목의 눈물」)에까지 가닿는 지배적인 요소이다. 그리고 바로 그 곁에 처절하고 처연하고 애달픈 가난의 사연들이 있다.

가난한 민중에 대한 애착과 연민은 시인 자신의 가난 체험(「파치」)과 누이의 가난(「누이네 집 똥개」)에서부터 이웃들의 가난, 그리고 멀리 베트남 아이들이나 모리셔스 노동자들의 가난까지 가닿는다. 그 가난의 모습들을 직시하고 사연들을 온전히 드러내는 것, 시인이 자임하는 것은 그것이다. 그래서 시인은 가난의 모습들을 안타깝게 바라보되 섣불리 분노하거나 비판적 전언을 내세우지 않는다. 가난은, 비록 가난하더라도, 가난한 이들끼리 서로 주고받는 따듯한 사랑 속에서 견딜 수 있기 때문이다. 그런 사랑은 「폭설」에 잘 나타나 있는 것처럼 서로에 대한 배려와 연대 의식을 통해서 이루어진다.

> 다음은 오일장, 오일장이우다
> 노리컬랑 혼저 앞더레 나옵서양
>
> 오늘은 무사 영 늦읍디가
> 질레서 얼어 죽는 중 알아수게
>
> 첨, 할망도 곱곱헌 소리 맙서

저 동펜인 가난 질레 눈이 고득허연

큰 차나 족은 차나 빌빌빌빌

서펜인 가난 질 가운디 땀뿌추럭이

탁 걸러전 누어부런 어떵헐 말이우꽈

그거 무신 말? 시상에

게나저나 이거 무신 눈이라, 퀄퀄퀄퀄

노릴 때 맹심협서양

미끌락허민 그땐 진짜로 죽어짐니다

히여뜩헌 소리

세경 바레지 말앙 운전이나 멩심협서

할머니를 내린 버스가

찰그락찰그락 눈길 속으로 멀어진다

_「폭설」 전문

이 시에서는 폭설이 내린 날 오일장을 오가는 버스를 모는 운전기사와 승객인 노파가 나누는 대화를 제시하고 지시문으로 마무리하여 극시의 효과를 내고 있다. 그런데 여기서 두드러지는 것은 폭설이라는 상황을 이겨내기 위하여 서로 이해하고 격려하는 서민들의 따뜻한 마음씨이다. 그러기에 표준어 사용자라도 공들여 읽는다면 저 건강한 방언의 어조를 해독할 수 있을 것이다. 특히 제주어의 입말이 가진 음악적

리듬에 주목하면 제주 지역 문학에서 제주어 시들이 끊임없이 시도되고 있는 일도 이해할 수 있을 것이다. 그런데 이 시에서 특히 주목할 것은 서민들의 대화가 고스란히 시의 장으로 들어와서 문학적 주권을 얻고 있다는 점이다. 사실 시인은 갖가지 가난과 죽음의 풍경들을 두고 시적 화자가 발화를 주도하는 담화보다는 민중의 발화를 그대로 온전히 문학의 언어로 옮기는 시도를 보여주고 있다. 이번 시집에서는 「폭설」처럼 사투리로 구사된 민중의 담화를 본체로 삼고 시인은 조용히 응시하는 시편들(「연자매」, 「상군 좀수」, 「방이 이모」 등)과, 시의 일부로 대화가 포함된 시들(「송아지 동무」, 「덜떨어진 생각」 등)이 곳곳에 있다. 그런데 민중의 세계를 바라보는 시인의 눈길에 애틋한 연민과 따듯한 사랑이 가득한 까닭은 미안함(「쫀쫀한 놈」, 「밥그릇」, 「사람이어서 미안하다」)과 고마움(「장날」, 「상군 좀수」, 「삼복을 지나며」)이라는 근원적인 감정이 시인의 마음 깊은 곳에 자리를 잡고 있기 때문이다.

한편 김수열의 시에서 드러나는 형식적 다양성은 서정시에서부터 역사적 서사까지 아우른다. 그의 시의 형식적 특징 중 하나는, 그것은 초기에서부터 드러났던 점인데, 다른 시인의 형식이나 어조, 주제나 태도 등과 끊임없이 교섭하며 만들어내는 차용과 변용이다. 외양으로 보면 그의 시들은 편을 거듭할 때마다 다른 형식을 보여준다. 그것은 때로는 패러디로 때로는 패스티쉬로 능숙한 언어 감각을 통해서 유감없이 펼쳐진다. 그중에서도 그가 과연 시인의 재능을 타고났음을 보여주는 것은 언어유희 솜씨일 것이다. 언어에 대한 민감성이야말로 시인의 본원적 자질이고, 그런 점에서 보면 새삼스러울 것도 없다고 할 수 있지만, 유독 그의 시에서는 말놀이의 시적 효과를 살린 작품들이 일관되

게 나타난다. 예를 들어 그것은 『생각을 훔치다』의 「다모아마트에 가야 한다」에서 인상적으로 구사된 바 있다.

> 하나로마트가 들어서기 전만 해도
> 월드마트가 들어서기 전만 해도
> 아파트 입구 다모아마트는
> 그나마 잘나가는 마트였다
>
> (중략)
>
> 하나로 가는 게 무조건 옳은 일이고
> 월드로 나가야 반드시 사는 길이라 해도
> 나만은 다 모아 가는 길을 가겠다
>
> (중략)
>
> _「다모아마트에 가야 한다」 부분

대기업이 운영하는 연쇄점인 '하나로마트', '월드마트'와 동네의 가게 '다모아마트'를 비교하며 그 명칭에서 정치와 자본의 이데올로기를 읽어내는 발상은 발랄하다. 게다가 차츰 경쟁에 밀려나는 '다모아마트'를 두고 "나만은 다 모아 가는 길을 가겠다"는 다짐에서는 소소한 언어유희를 넘어 민중적 이념의 굳건한 태도를 엿보게 된다. 이런 말놀이를 통해 강력한 시사 풍자와 해학성을 드러내는 것은 같은 시집의 「뒤늦게

니우스」에서도 볼 수 있다. 자본과 권력이 은폐하는 부정의 양태들이 '뒤늦게' 알려지고 이에 대한 대처도 '뒤늦게' 이루어짐을 야유한 말놀이는 사회부기자의 어설픈 보도 어투를 통해서 그 자체로 적나라하게 제시된다. 그리고 이런 언어유희의 시적 활용은 이번 시집에서도 유사하게 이어지고 있다. 하지만 이번 시집에서 그것은 시인이 주도하는 언어유희보다는 '군세어라 금순아'를 '국데워라 금순아'로 전환시키는 민중적 유희성(「국데워라 금순아」), '간처녑'을 '간처념'으로 적어 놓은 민중적 생활성(「회정 식당」)을 통해 투박한 민중 언어에 그 주권을 내어주는 방향으로 열려 있다.

그런데 김수열 시의 다양성은 부단한 대화의 의지와 관련되어 있다. 그는 나무, 오리, 개, 병아리 같은 자연의 대상물들에서부터 학교에서 가르치는 아이들, 입원한 사내, 장애인, 어린 시절 동무들, 해녀, 오일장 할머니, 길림성의 북한 사람, 베트남의 어린이들과 두루 만나고, 그 만남을 시의 계기로 삼을 뿐만 아니라 대개는 그들의 목소리를 시로 전환한다. 그래서 종종 민중의 구어체가 그대로 시의 어구로 옮겨지고, 시인은 단지 그 목소리를 매개하는 자가 되어 자신의 목소리와 시점을 지운다. 음성의 다양성은 어린 학생들의 대화에서부터 제주 사투리를 구사하는 노인의 말을 넘어 전라도 사투리(「꽃을 든 남자」, 「방이 이모」)까지 포괄한다. 게다가 시인의 대화 의지는 다른 시인들과의 대화로도 이어져, 손병걸, 송경동, 한창훈, 신경림, 김남주를 호명하고 있다. 물론 직접 호명하지는 않았지만 시적 형식이나 어조에서 볼 때 멀리 시인 백석에서부터 가까이는 제주의 시인 나기철, 김경훈 등의 목소리가 들리는 작품들도 있다. 이런 대화의 특징은 러시아의 이론가 바흐친이 지적한

바 있듯이, 민중성을 지향한 문학의 특징으로서 여러 개의 목소리가 들리는 다음성 현상으로 설명할 수 있을 것이다.

그러고 보면 시인이 시집의 제목을 '빙의'라고 붙인 이유를 짐작할 수 있다. 빙의(憑依)는 죽은 이의 혼이 산 자의 정신에 덧씌워져 자신의 말을 전하는 심리적인 현상인데, 특히 제주인들의 생활에서는 심심찮게 일어나는 것으로 알려져 있다. 이에 대해서는 문화 심리학이나 인류학적인 방법으로 이론적인 논의가 가능할 것이다. 아무튼 이러한 빙의 현상은 무속적 세계에 깊이 침윤되어 있는 제주인들의 생활에 커다란 영향을 끼쳐왔으며 제주 문학의 주요한 소재이자 더 나아가 하나의 특징이다. 그것은 가브리엘 마르케스의 마술적 사실주의에 필적하는 무속적 사실주의로서 좀 더 부각되고 조명될 필요가 있다. 그런데 김수열의 시에서 빙의는 비단 그 인상적인 작품「빙의」에서만 드러나는 것이 아니다. 시인은 자신의 시로 민중들의 목소리를 전하는 '빙의'로 규정하고자 하며 그것을 의도적 기법으로 실행하고 있다. 그래서 서정시의 관점에서 벗어나는 경우 대부분의 시들은 민중들의 삶을 구어체로 생생하게 드러내는 서사성을 띤다. 그리고 그 사연들이 저마다 다른 만큼 시의 목소리와 형태도 다양하다.

여기서 한 가지 지적해야 할 것은 시인의 위상을 지역 시인으로 규정하려는 문단의 선입견이다. 시인이 자신의 위치를 민중의 생활 안에 자리매김할 때 둘러싸이게 되는 민중의 구어체는 개인화된 문어체와는 다르게 언제나 다음성의 특징을 갖고 있다. 그래서 제주도가 생활의 근거지인 시인의 경우에는 제주 사투리를 통해 민중의 세계를 드러낼 수

밖에 없다. 그때 민중의 구어에 주권을 돌려주는 일은 방언에 주권을 반환하는 일이다. 그 원리는 제주어에만 한정된 것이 아니라 전라도 방언이나 경상도 방언을 포괄하는 일반적인 문제이다. 그럼에도 종종 제주 방언을 시에 도입한 문인들에 대해서는 유독 지방 문인이라는 꼬리표를 붙이려는 경향이 진영의 좌우에 무관하게 나타난다. 그때 제주의 문인들은 독특한 지역 문인으로 왜소화되는 것이다. 하지만 지역 방언의 활용은 민중의 구어를 사실적으로 문학화 하는 유일한 방책일지도 모른다. 물론, 문어에 기초한 개인 문체를 근간으로 하는 근대 문학에 비교해 보면, 그것은 공동체의 구어에 기반을 둔 전근대적 담화 양식을 보존하려는 시대착오적 시도로 보일 수도 있다. 하지만 어쩌면 민중의 구어를 문학의 양식으로 받아들이고 다시 그 문학을 민중에게 되돌려주는 작업이야말로 근대성의 종착점에 다다른 근대 문학을 갱신시키는 작업이 될지도 모른다. 그리고 김수열의 작업들은 미적 근대성을 극복하려는 시도로 볼 수도 있다.

김수열의 시가 보여주는 공간적 넓이와 형식적 다양성, 목소리의 다수성은 시인 자신이 영매가 되어 자연과 역사를 종횡으로 넘나드는 행보를 통해서 드러나고 있다. 근본적으로 그것은 민중의 희로애락, 개인사와 역사의 고통과 기쁨을 두루 포용하려는 넓은 품에 의해 가능한 것임은 물론이다. 그런데 시인의 '빙의'는 철저한 유물론적 관점으로 규정된다. 그에게 빙의의 시적 추구는 무속의 신비나 삶의 비의를 담으려 하는 데 있는 것은 아니다. 작품 「빙의」에 드러나는 바와 같이 시어머니와 며느리 사이에서 깊은 정이 오간 것은 오로지 '흰 술'(소주)과 '붉은 술'(콜라)을 통해서이다. 서정적인 시를 통해 사랑을 그리는 경우에도 그 시선은 "반쯤 해체된/오리 한 마리//죽은 사랑을 껴안은/아픈 사랑의 날갯죽지 위에"(「사랑을 배우다」)있는 것이지 다른 데 있지 않다. 민중의 삶이란, 정직하게 말해서, 먹고 싸고 사랑하며 사는 것이다. 그러니 그의 시에서 먹고, 싸고, 사랑하는 것(때로는 관능적으로), 그야말로 물질적이고 육체적인 움직임들이 주조로 표현되는 것은 당연한 귀결이다. 그의 시에 자주 먹을거리나 식당이 등장하는 것은 세상사의 근본이 '밥그릇'에 있다는 시인의 생각에서 기인한다. 시인이 노부모의 삶을 시세계로 끌어안는 까닭도 삶의 기쁨과 괴로움이 온전히 먹고 사는 생존의 무사 여부에 달린 까닭이다. 시인의 부모에 대한 시편들은 결국 먹는 것을 통해서 사랑을 주고받는 일화들을 담고 있다. 어머니의 사랑은 정성을 들인 소박한 밥상을 통해 표현된다(「긴한 말씀」, 「자리물회」, 「삼복을 지나며」). 그리고 이런 유물론적 사랑은 육체와 죽음에도 적용된다. 죽음이라는 것은 먹고 사는 육체의 기능이 약화되다가 소멸하는 종국의 현상일 뿐이므로 사랑과 죽음도 물질과 육체의 교류를 통해서만 확인될 것이다. 병든 아버지의 얼굴에 면도를 하며 "참 곱다"고 말하는 어머니(「오래된 사랑」)의 몸짓 앞에서 숙연해지는 것도 실상 그 이상의 사랑의 실행을 상상하기 어렵기 때문이다.

이 유물론적 민중성의 세계에 공허한 관념이나 신비가 들어설 여지는 없다. 그곳은 물질과 신체의 고통과 쾌락이 교차하는 세계인데, 그 세계의 원리는 한편은 자연에 있고 다른 한편은 역사에 있다. 1부의 서정시에서 보여주는 장면들이 자연을 통해서 보는 사랑과 고통이라면, 2부에서 보이는 것은 소박한 생활 세계에서 접한 장면들이고, 3부는 지리적으로나 문제 제기에서나 좀 더 넓은 사회이며, 4부에 이르면 개인사와 역사가 혼재되는 공간으로 개방된다. 그런데 이 시집을 직전 시집인 『생각을 훔치다』의 연장선 위에서 본다고 하더라도 위에서 본 바와 같이 죽음에 대한 강박적인 주목은 분명 차이가 있는 것이고, 또한 자연물을 대상으로 한 서정적인 시들의 비중이 높아진 것도 다른 점이다. 그렇다면 이러한 변화의 원인은 어디에 있을까. 『생각을 훔치다』에서 시인이 쉰 즈음의 자신의 나이에 대해 성찰한 시편들을 두고 평론가 고명철은 동세대가 공유한 감수성을 읽어내면서 "지천명을 맞이한 그 어떤 삶의 오묘함과 비의성"이라 했었다. 이와 관련지어 보면 이번 시집에서 두드러진 죽음에 대한 성찰들은 의식적이지는 않더라도 시인이 중년을 넘어가면서 죽음에 대해 훨씬 가깝게 관심을 두고 있는 것으로 볼 수 있을 것이다. 그런 면에서 보면 상징적인 서정시에서 드러나는 존재의 부재와 현전에 대한 관심(「흔적」)이나 그것을 드러내는 시(「나무의 시」)에 대한 소망도 짐작할 수 있다. 이런 모색들은 존재론적인 측면에 대한 경사여서 향후 시인의 행보를 암시하는 것이 아닐까 한다. 하지만 아무래도 시인은 여전히 이 풍성한 물질세계의 편에 서 있고 그 감각성을 유지하고 있다. 게다가 음울한 시편들 사이에 문득 빨간 잉걸처럼 해학의 시편들을 숨겨놓고 있다.

시인은 삶의 가난과 고통 속에서도 그의 장기인 경쾌한 언어 감각과 반전의 익살을 통해 삶의 비애를 해학으로 전환한다. 그가 구사하는 반전을 통한 익살은 민중적 비애를 건강한 웃음으로 치유하는 효력을 갖고 있다.

네가

금산공원 걸머리와

박성내다리 간드락 어간에서

둥그렇게 부풀어 오르다가

은근슬쩍 스리슬쩍

안 그런 척 노란 유채밭담 넘어 들어가

하마 누가 볼세라

훌러덩

순식간에 엉덩이 까고

쏴아 쏴와

솔바람 일으킬 때

아,

그 황홀함이라니!

그 농염함이라니!

_「달의 엉덩이」 전문

유채밭담 위쪽 밤하늘에 훤하게 뜬 달을 언덕에서 보고 연상한 이 풍경은 어느 면에서는 선(禪)의 경지를 뽐내는 객승의 한담을 야유하는 패러디를 연상시키기도 하지만, 이 옹골찬 시인에게 그 영상은 오히려 라블레적 해학으로 전환되고 있다. 보름달에서 여인의 엉덩이를 연상하고, 그것도 노란 유채밭담으로 몰래 들어가 오줌을 누는 모습으로의 연상에 이르면, 자연의 이미지가 육체적 관능으로 전환되는 세계의 농염한 황홀경을 보게 된다. 사실 이 시집에서는 가난과 죽음에 대한 주제가 지배적이어서 건강한 관능을 드러낸 이 시는 오히려 예외적으로 강렬한 인상을 준다. 풍성한 공감각의 풍경을 감탄으로 마무리한 그 결구도 예외적이다. 하지만 『생각을 훔치다』에서 시인의 한 장기로 나타났던 반어와 익살(「하필 그때 왜?」와 같은)은 이번 시집에서는 훨씬 이완되어 있는데, 그렇다면 문제는 나머지의 경우에 결구의 요약적 진술이나 암시들이 효과를 얻고 있는가 하는 점이다.

김수열의 시들은 대체로 장면 제시와 진술에 이어 결구에서 암시, 전환, 요약 등을 통해 마무리되는 특징이 있는데, 그것은 『생각을 훔치다』에서 매우 인상적으로 전개된 바 있다. 『생각을 훔치다』에서 반전의 유머를 보았던 독자의 입장에서 보면 『빙의』에서 그것은 훨씬 관조적이고 암시적으로 나타난다. 거기에는 매너리즘의 혐의가 없지 않지만 더 속 깊은 이유는 시인이 자신의 시선을 타자에게 개방하려는 '시적 빙의'의 시선을 견지하기 때문이라고 보아 둘 필요가 있겠다. 민중 생활의 삶과 죽음을 집요하게 응시하면서도 시인은 자신의 뜻을 내세우기보다는 장면이 그 자체로 환기되는 극적 방식들을 취하고 있기 때문이다.

모든 약하고 핍박받는 존재들의 목소리를 두루 전달하려는 시인의 의지는, 때로는 처연하게 때로는 담담하게, 지상의 곳곳을 누비고 있다. 그 끝없는 사랑의 노래는 눈치 없이 살림이나 축내는 "누이네 집 똥개"나 동네 개들을 바라볼 때처럼 답답하고 안타깝기도 하지만(사실 그것은 시인 자신의 죄의식이 투영된 모습이다) 그런 철부지 존재들의 삶 또한 하나의 생존이 아니겠느냐고 담담히 그려 보이는 듯하다. 그 노래는 자연과 인간을 두루 껴안고, 국경과 인종을 초월하며, 현재와 과거를 가로

지른다. 그리고 "죽은 사랑을 껴안은 아픈 사랑"의 눈길로 가난과 죽음의 모습을 그린다. 하지만 시인이 바라보는 가난 속에는 사랑이 머물고 슬픔 속에는 익살이 끼어든다. 이 따스한 사랑의 눈길 다음에 건강한 생명의 노래가 이어질지, 아니면 저 민중의 방언으로 죽음의 물질적 본질을 투시하는 노래가 이어질지 기대해 봄직하다.

시인의 말

네 번째에서 다섯 번째 시집으로 넘어오는 동안 이런저런 일이 있었다.

한 가지만 꼽으라면 아버지의 죽음이 그것이다.

하여, 이 시집에는 그분의 흔적이 드문드문 박혀있다.

살아생전 아들의 자잘한 글에 돋보기 들이대고 꼼꼼 읽으시곤 했는데…….

부끄러운 이 글에도 눈길 한번 주십사 하면 지나친 욕심일까?

나이가 들수록 내 글의 눈높이가 그분을 닮아간다.

2015년 1월

김수열

일러두기

어머니의 언어가 아니면 드러낼 수 없는 몇 편의 시에 대해 섬 밖에 사는 몇몇 글벗들이 난독의 염려스러움을 지적해주었다. 망설임 끝에 그 시에 대해 시집 말미에 표준어로 풀어 옮겼음을 밝힌다.

연자매

내가 바로 이 마을 노인 회장이라고 하는 사람입니다 여기가 뭐냐 하면 보리, 조 이런 걸 갖다 여기놓고 소, 말 그것도 없으면 사람이 직접 밀었다 당겼다 하면서 빻아서 먹었다 이 말입니다 쌀밥? 턱도 없는 소리 쌀밥은 제사나 명절에나 먹는 거고 평소엔 보리밥 조밥도 감사합니다 하면서 살았다 이 말입니다 보리, 조 이런 게 없으면 저 밭에 가서 무릇 그거 캐다가 범벅 만들어 먹으면서 살았어요 그러니 노인네를 공경해야 된다 이 말입니다 저 뒤에 학생 조용해서 이 노인네 하는 말 좀 들어보세요 이거 고등학교 가는 시험에도 나오는 겁니다 뭐냐 하면 보리나 조를 소, 말이 밀었다 당겼다 하면서 잘게 빻아주는 것은?

현장 학습 나온 우리 학생들
연자매, 하고 큰 소리로 대답해준다

상군 해녀

눈이 오나 바람이 부나 죽어라고 물질하여 돈을 모아 조그만 밭들을 샀지 그 중 일부는 (4·3)사태 때 잡혀간 큰아들 빼내려고 팔고 또 일부는 (6·25) 전쟁 나니까 작은아들 군대 가는 거 빼내려고 팔고 마지막 남은 건 (4·3)사태 때 결국 죽은 큰아들 대신 큰손자 대학 공부 시키고 장가 보내면서 다 팔고 이젠 아무것도 없어 깨끗해

살아 있는 섬에게 무릎 꿇어 잔 올리고 싶다

폭설

다음은 오일장, 오일장입니다
내리겠으면 빨리 앞으로 나오세요

오늘은 왜 이렇게 늦었어요
길에서 얼어 죽는 줄 알았어요

참, 할머니도 답답한 소리 마세요
저 동편에 가니까 길에 눈이 가득해서
큰 차나 작은 차나 빌빌빌빌
서편에 가니까 길 가운데 덤프트럭이
탁 쓰러져 드러누웠는데 어떻게 합니까

그게 무슨 말? 세상에
그러나저러나 이거 무슨 눈이라, 콸콸콸콸

내릴 때 조심하세요
미끄러지면 그땐 진짜로 죽습니다

쓸데없는 소리
한눈팔지 말고 운전이나 조심하세요

할머니를 내린 버스가
찰그락찰그락 눈길 속으로 멀어진다

빙의

옛말 할 테니 들어보라

네 성할머닌 네 아버지 낳고 소박맞아 여든 나도록 시골 집에 혼자 살았지 어느 날 집에 가보니 텃밭엔 잡초가 푸석 푸석 부엌엔 거미줄이 가득해서 아이고, 이러다가 돌아가셔도 모르겠다 싶어 옷 몇 벌 이불 보따리에 싸서, 집으로 모셔왔는데 온 지 얼마 되지 않아 시름시름 아프기 시작하는 거야

네 아버지는 네 할머니한테 술은 절대 먹지 말라고 불호령을 했으니 말벗 없는 시골 할머니가 얼마나 답답하셨을까? 보기에 하도 딱해서 네 아버지 모르게 상점에 가서 할머니 좋아하는 흰 술도 사고 붉은 술도 사고 찬장에 숨겨두고 흰 술 한 잔 붉은 술 한 잔 드렸었지 네 아버지 모르게

제주시에 온 지 두 달 보름 만에 할머니가 그만 돌아가시니 정성으로 장례를 치르고 왕강징강 귀양풀이도 하고 사십구재도 올려 저승 상마을로 잘 보내 드렸지

일 년 만에 소상 치르고 닷새 정도 지났나? 이모한테서

전화가 온 거야 장례 때랑 소상 때 부지런히 심부름해준 진수 엄마가 꼭 (돌아가신 할머니) 혼이 씌운 거 같다면서

이게 무슨 일인가 싶어 와랑와랑 달려가서 들어보니 소상날 밤부터 (진수 엄마가) 빌빌빌빌 아프기 시작하는데 누워서 하는 짓이나 말하는 소리가 영락없는 죽은 할머니라고 하는 거야

내가 봐도 할머니가 돌아오신 게 분명해

가슴이 철렁 내려앉고 눈물이 왈칵 나서 손목 잡고 살살 달래면서 말했지

—아이고 어머님 왜 이제도록 아니 갔습니까? 귀양풀이에 사십구재에 소상까지 정성껏 차려 보내드렸는데 무슨 원통한 일이 있어 죄 없는 진수 엄마 몸에 의탁을 했습니까?

—말하고 싶은 말 하고 싶었는데 몸은 진토가 되어버렸으니 잠시 잠깐 남의 몸에 의탁을 했으니 할 말 다하면 바로 가련다

—그러면 그렇게 하세요 어머니

—고맙다 며느리야 흰 술 사줘서 고맙고 붉은 술 사줘서 고맙다 며느리야 흰 술 한 잔만 사다주라 붉은 술 한 잔만 사다주라

—아이고 우리 어머니 엄청 많이 먹고 싶었구나 그러면 그렇게 하지요

와랑와랑 슈퍼에 달려가서 소주 한 병 콜라 한 병 사다가

—흰 술 한 잔 받읍서 붉은 술 한 잔 받읍서, 하면서 드리니

—고맙다 며느리야 고맙다 며느리야

닷새 동안 거동도 못하던 진수 엄마가 소주 한 잔 쭈우욱 콜라 한 잔 쭈우욱 마시더니만 '아이고 시원하다, 이젠 살겠다, 나 간다'

벽장쪽으로 돌아눕자마자 소르륵 자는 거야, 죽은 사람 같이

다음 날 아침 그 엄마 '아이고 잘 잤다'하면서 아무 일도 없는 것처럼 일어나 세수하고 로션 바르고 루즈 칠하고 십

년 넘게 다니는 사무실에 출근하고, 이십 년 넘게 더 다니
다 사오 년 전엔가 죽었다고 해, 여든다섯에

마지막 소망

제 발걸음으로 화장실 출입하다 조용하게 죽어지는 게 말년 늦복이라 하던데 아이고 글쎄다 네 아버지는 이미 틀린 거 같아 그래도 귀는 트여서 뭐라 말하면 고개도 끄덕하고 물 달라고도 하고 그것만도 어디냐 더 아프지만 말고 자는 듯이 죽으면 그것도 복이지 하루라도 나보다 먼저 죽어주는 것만도 큰 복이고 말고

그러나저러나 나 죽을 땐 나대로 화장실 출입하다 가만히 죽어야 할 텐데 그래야 너희들이 덜 고생할 텐데, 글쎄 그럴 수 있을까

실천시선 230

빙의

2015년 1월 7일 1판 1쇄 찍음
2015년 1월 15일 1판 1쇄 펴냄

지은이 김수열
펴낸이 김남일
편집 이호석, 박성아, 이승한
디자인 김현주
관리·영업 김태일, 박윤혜

펴낸곳 (주)실천문학
등록 10-1221호(1995.10.26)
주소 서울특별시 마포구 월드컵로10길 48 501호(서교동, 동궁빌딩)
전화 322-2161~5
팩스 322-2166
홈페이지 www.silcheon.com

ISBN 978-89-392-2230-4 03810

이 도서는 국립중앙도서관 출판시도서목록(CIP)은
e-CIP홈페이지(http://www.nl.go.kr/ecip)와
국가자료공동목록시스템(http://www.nl.go.kr/
kolisnet)에서 이용하실 수 있습니다.
(CIP제어번호:CIP2015000085)